1866. 14 Décembre.

(2500)

CATALOGUE
D'ESTAMPES

ET

DESSINS ANCIENS

ET MODERNES

**Ayant rapport à l'Architecture, l'Ornementation,
Décoration intérieure,
Meubles, Bronze, Orfèvrerie, Costume,
Bijouterie, Arquebuserie, Serrurerie,
Décorations théâtrales, Vues de Paris & Environs, etc.**

DONT LA VENTE AUX ENCHÈRES PUBLIQUES AURA LIEU

HOTEL DES COMMISSAIRES-PRISEURS
Rue Drouot, 5

NOUVELLE SALLE Nº 7, AU 1ᵉʳ ÉTAGE

LE VENDREDI 14 DÉCEMBRE 1866

A UNE HEURE

Mᵉ **DELBERGUE-CORMONT**, Commissaire-Priseur,
rue de Provence, 8,

Assisté de **M. VIGNÈRES**, Marchand d'Estampes,
rue de la Monnaie, 13, à l'entresol, entrée rue Baillet, 1,

CHEZ LEQUEL SE DISTRIBUE LE PRÉSENT CATALOGUE.

EXPOSITION AVANT LA VENTE

PARIS
RENOU & MAULDE
IMPRIMEURS DE LA COMPAGNIE DES COMMISSAIRES-PRISEURS
Rue de Rivoli, 144.

1866

PORTRAITS GRAVÉS

In-8°, papier format in-4°, chaque 1 fr.

Chez VIGNÈRES, marchand d'Estampes,

RUE BAILLET, N° 1.

ARIOSTE, DANTE, PÉTRARQUE, TASSE.
I Quatro poeti Italiani, Claire-voie, groupe gravé par HOPWOOD.
BÉRANGER, manière noire. *Carré.* REYNOLDS.
BERRY et ses enfants (duchesse de), en pied. *Carré.* VALLOT, 1823.
CARTOUCHE. *Claire-voie.*
CAZOTTE. *Claire-voie.*
CHODSKO. *Claire-voie.* HOPWOOD.
COLET (Madame Louise). *Claire-voie* WEBER.
DUDEFFANT (Madame). *Carré.* FORSHEL.
DUMAS (Alexandre). *Claire-voie.* DIEN.
DUVAL, marquis de Fontenay-Mareuil. *Ovale équarri.* SARADIN.
ÉLIE DE BEAUMONT, avocat. *Claire-voie.* DEVRITZ.
FOREIN (comte de). Ingres del. Rome, 1812. REINAUD.
GRÉTRY, compositeur, d'après Isabey. *Ovale.* SIMON.
GUIZOT, d'après Delaroche. *Carré.* LAUGIER.
HOFFMANN (E.-T.-A.). *Claire-voie.* D'après H. Dupont. PELÉE.
INGOUF jeune, graveur, d'après lui-même. *Claire-voie.* SISCO.
LACHAMBEAUDIE (Pierre). *Claire-voie.* MONNIN.
LASNE (Michel), graveur. *Ovale équarri.* DEVRITZ.
LEMIERRE (A.-M.), auteur dramatique. *Ovale équarri.*
LOUIS Ier, roi de Bavière. *Claire-voie.* COUCHÉ FILS.
MAINTENON (Fr. d'Aubigné, marquise de). *Carré.* L. MASSARD.
NAPOLÉON Ier, d'après Muneret. *Ovale.* ROGER.
MONTAIGNE. *Ovale.* Dessiné et gravé par H. DUPONT.
MONK (Georges). *Claire-voie.* ROZE.
PETRARCA (Francisco). *Carré.* BERNARDI.
——— Sa maison à Arrezzo. *Carré.* CATTANEO.
QUESLUS, mignon d'Henri III, d'après Brebiette. *Carré.* BRACQUEMOND.
RAPHAEL à 15 ans, d'après lui-même. *Carré.* ANNEDOUCHE.
ROUGET DE LISLE. *Claire-voie.* VARIN.
SAINT-MARTIN, marquis de Miskou, en pied. *Carré.* DEVRITZ.
SAINT-SIMON (Claude-Henri, comte de). *Claire-voie.* PERROT.
SIEYÈS (E.), d'après Bréa. *Ovale équarri.* HUOT.
SILVAIN MARÉCHAL. poète. *Claire-voie.* DEVRITZ.
TALLEYRAND-PÉRIGORD, arch. de Paris. *Ovale.*
THÉROIGNE DE MÉRICOURT. *Carré.* DEVRITZ.
THIÉBAULT (D.-D.). *Claire-voie.* ADLART.
TURGOT, ministre. *Ovale équarri.* TARDIEU.
VATOUT (Jean), académicien. *Claire-voie.* VARIN.
WASHINGTON (Georges) et sa fille (Martha) 2. *Claire-voie.* GEOFFROY.
WORONZOW (Michel, comte). *Ovale.* LEGROS.

RENOU et MAULDE, imprimeurs de la Compagnie des Commissaires-Priseurs,
rue de Rivoli, 144. 5706

CONDITIONS DE LA VENTE

L'ordre du Catalogue sera suivi.

Nous avons conservé les attributions et désignations de l'Amateur pour les Dessins.

Elle sera faite au comptant.

Les Acquéreurs paieront, en sus des adjudications, CINQ pour CENT applicables aux frais.

M. VIGNÈRES, dirigeant la Vente, se charge des Commissions.

NOTA. Toute commission sans prix fixé ou sans limite déterminée sera regardée comme nulle.

M. VIGNÈRES se charge de faire marquer les prix aux Catalogues des ventes qu'il a faites. Les personnes qui le désirent peuvent s'adresser à lui *franco*.

Plusieurs Amateurs éloignés en ont reconnu l'utilité pour les guider dans leurs achats sur les valeurs des Estampes.

Les Catalogues des Ventes à faire seront envoyés à toute personne qui en fera la demande *affranchie*.

AVIS. — Nous prions MM. les Amateurs éloignés de ne pas attendre au dernier jour, pour que les lettres arrivent le matin de la vente ; ils comprendront que quelques lettres peuvent se lire, mais de 20 à 50 lettres, c'est difficile.

ESTAMPES ANCIENNES

1 **Anonyme**, XVI⁰ siècle. Cartouche blanc orné de figures maritimes. Sup. ép.

2 **Aldegraver**, 1553. Titus Manlius le bras droit nu maintient la tête de son fils sous l'instrument du supplice, qui est une guillotine (B. 72). Belle ép.

3 **Audran** (J.). Portrait de P. Clément Daffincourt, ingénieur, tenant le plan de Dunkerque, petit in-fol. Très-belle ép., sans marge.

4 **Boivin** (René). Salières. 2 p., dont une à plusieurs motifs.

5 — Flore et Cérès. 2 panneaux ornés de fleurs et fruits. Tres-belles ép., très-rares.

6 **Bonnard**. La Sage-Femme, la Nourrice, Dames en costumes de chasse, de deuil, de ville, déshabillé d'été, d'hiver, Hommes en habits d'épée, d'été et d'hiver, Page, etc. 32 p.

7 **Bonthomme**. Balcons. 6 p.

8 **Bry** (Th. de). Triomphe de Bacchus. — La Fontaine de Jouvence, 2 p.

9 — Ecus d'armes, les Césars. 6 p. Belles ép.

10 — Frises, Gaînes, Cléopâtre. 5 p. Belles ép.

11 **Callot**. Le Massacre des Innocents, 2⁰ planche (Meaume 6), 1ᵉʳ état.

12 — La Petite Passion de Notre-Seigneur (19-30). 12 p., 1ᵉʳ état. Très-belles ép.

13 **Callot**. Les Mystères de la Passion et la Vie de la
Vierge (31-36). 21 sujets sur 6 feuilles. Belles ép.,
marge.

14 — Les Quatre Banquets (48-51). 4 petites pièces,
1er état. Très-belles ép., marge.

15 — Vie de l'Enfant prodigue (53-63). Suite complète de 11 p. avant les numéros. Très-belles ép.

16 — Les Sept Péchés Capitaux (157-163). 7 p.,
1er état. Superbes ép.

17 — Les petites Misères de la guerre (557-573),
suite complète de 7 p. Superbes ép.

18 — Exercices militaires (582-594). 12 p. avant les
numéros. Le 591 manque.

19 — Carrière et Rue Neuve de Nancy. Très-belle
ép. d'une pièce capitale (624). 1er état.

20 — Figures variées (730-745). Le titre et les 15 p.,
la pièce douteuse ne s'y trouve pas. 16 p. Très-
belles.

21 **Collaert**. Danaé et autres, avec entourages
ornés de figures. 5 p.

22 **Cottart**. Plan, coupe et élévation d'un château.
6 p. Très-belles.

23 **Daubigny**, 1634 (Ph.). Arquebuserie. 3 p.,
rares.

24 **Delalonde**. Orfèvrerie, Lampes d'église, Salières, Huilier, Saucière, grand Chandelier d'autel,
Flambeaux riches, Girandoles, Théière, etc. 12 p.

25 — Chaises, Fauteuils, Meubles, Pendules, Décorations d'intérieur, Architecture. etc. 15 p.

26 **Ducerceau** (J. Androuet). Grands panneaux
d'ornements ornés de figures. 3 p.

27 — Petits Panneaux d'arabesques. 9 p.

28 — Cariatides à trois figures. 3 p.

29 **École de Fontainebleau**. Les Dieux et Déesses debout dans des niches. 7 p. — Les mêmes réductions plus petits. 6 p. — 13 p.

30 — Amour sur une Sirène, fragment d'architecture. Belle pièce rare.

31 **Flamen**. Disposition de la Milice de Paris en 1660 pour l'entrée de Leurs Majestés. — Cortége de l'entrée du Roi et de la Reine, en 5 pl. en forme de frise. 6 p. Très-belles ép.

32 **Fragonard** (d'ap.). Le Calendrier des vieillards, A Femme avare, le Savetier. 3 p. in-4. Superbe ép. avant la lettre, toute marge.

33 **Francard** (d'ap.). Portes cochères de menuiserie. 6 p. Très-belles.

34 **Francine**. Portes cochères riches. 3 p.

35 **Gaultier** (Léonard). Le Nouveau Testament en 34 petites compositions.

36 **Haberman** (d'ap.). Chandeliers de tables, Girandoles. 4 p.

37 — Décorations et Cartouche rocailles. 5 p. Superbes ép.

38 **Jacquard**. Icare, Ganimède, Arion, Enlèvement d'Hélène, etc. 5 petites pièces ovales, entourées de figures et d'ornements.

39 — Riche Poignée de sabre. 2 ép. dont une sup.

40 **Jansen** (H.). Trois petits ovales ornements ornés de figures et partie de plat. 4 p. Très-belles et rares.

41 **La Belle** (Et. de). Les Saisons, Petites frises et rinceaux d'ornements. Superbes ép., marge. 12 p.

42 **Lamour** (d'ap.). Grand Rinceau d'ornements rocaille orné de fleurs, en 3 feuilles non jointes de la plus grande beauté de style et de légèreté. Rare.

43 **Lavreince** (d'ap. N.). L'Heureux Moment, par *N. De Launay*. Superbe ép. Riche Intérieur de boudoir.

44 **Leblond** (chez). Portail et Coupe de la paroisse de Versailles, 2. — Plans et élévation du Pont-Neuf de Paris, commencé à bâtir en 1578 sur les dessins d'*Androuet du Cerceau*. 3 p.

45 **L'Egaré** (Gédéon). Liure de feuilles d'orfèvrerie. Objets de joaillerie, pendeloques, nœuds, et autres en pierreries, avec vues de Saint-Denis, Rome, etc. au bas. 9 p.

46 **L'Egaré** (Gilles). Nœuds, bordures et rinceaux pour bijouterie, joaillerie, orfèvrerie. 2 p.

47 **Lemoyne.** Berain ex. Panneaux d'ornements enrichis de figures, d'une grande beauté. 5 p.

48 **Lepautre.** Cheminées, Alcôves, Jupiter et Antiope, etc. 29 p. Très-belles. Ornements riches.

49 **Mansart** (d'ap. Jules Hardouin). Plan, Coupes et Élévation du château de Clagny. 6 p.

50 **Marillier** (d'ap.). Entêtes et fins de pages, fleurons par les meilleurs graveurs. 29 p. Magnifiques ép.

51 **Marot** (Jean). Vases, 2. — Vues de l'hôtel de Chevreuse, 3. — En tout 5 p. Belles ép.

52 — Cheminées riches. 8 p. Très-belles.

53 — Portes, Grilles. 10 p. Très-belles.

54 — Alcôves, Intérieur. 9 p. Très-belles.

55 — Plafonds par moitié, Angles. 9 p. Très-belles.

56 **Marot** (J.)? Vue de la principale entrée de l'église Notre-Dame de Paris, chez *Jollain*, in-fol.

57 **Marot ?** Petits Vases. 10 p.

58 **Mondhare** (chez). Serrurerie, Balcons. 7 p.

59 **Salembier**. Trophée des arts et de Vénus. 2 p., sanguine.

60 **Schubler**. Calices très-riches. 4 p.

61 **Silvestre**. (Israël). Très-petites Vues d'Italie. 4 p.

62 **Solis** (Virgile). Sept Muses. — Charles-Quint, Josué, Judas, etc., 5 figures cuirassées. 12 p. Belles ép.

63 — Portions de tour de plats, ornés de figures. — Figures allégoriques. — Portraits en forme de frises. — Triomphe de Pomone. — Pièces de la Bible sur bois. 12 p.

64 **Stephanus** (Etienne de Laune). Diane et Actéon. Pièce capitale.

65 — Ovales avec ornements et figures. 7 p.

66 — Les Sciences, Figures de femmes dans des ovales. 11 p.

67 — Petits Sujets mythologiques, en ovale. 16 p.

68 **Toro**. Cartouches ornés de figures. 8 p. Très-belles.

69 — Chenets, feux, etc. 8 p. Très-belles.

70 **Toutain**. Ornements blancs et noirs pour les émailleurs. 9 p. avec figures. Très-belles ép.

71 **Veyen** (chez Herman). Autels riches. 3 p. Très-belles.

72 **Vignettes**. Fleurons, Jeux d'Enfants, Groupes d'Amours, Allégories, à 2 et 3 sujets à la feuille. 42 p.

73 **Divers**. Amours sur des dauphins, frises et autres. 4 jolies pièces, des petits maîtres.

74 — Allégorie d'ap. Dubourg, la Mort de Priam, Titre, Vue de l'Arsenal, etc. 6 p.

DESSINS

75 ACCARD. Cartouche avec les armes d'Orléans. — Autre avec emblèmes de la mort, 2 gouaches sur vélin, rehaussées d'or et d'argent.

76 ALDORBRANDINI. Décoration théâtrale, Intérieur de prison, au bistre. Très-bel effet de soleil, beau dessin.

77 ALGARDI. Support de balustre, Profils de fûts de colonnes, par *Alcotti* et autre. 3 dessins au bistre

78 ANGUIER (Michel). Tombeau du duc de Bourgogne, père de Louis XV, à la plume, lavé de couleur.

79 AVRIL. Dessins de Baguettes pour cadres, Angles sculptés. 2 p. à la sanguine.

80 AZINAR. Décorations intérieures d'appartements salons, à la plume, dont 2 lavés au bistre. 7 dessins de belle menuiserie.

81 BABEL. Décoration théâtrale, Parc ou se danse un ballet. Belle aquarelle.

82 BALLECHOU. Composition pour pendule, au bistre.

83 BALTARD père. Une barrière de Paris (le Trône ?). Grande et belle aquarelle avec figures.

84 BELLANGER. Elévation d'un château vu devant et opposé. 2 dessins à l'encre.

85 BÉRAIN. Monument funèbre, à l'encre.

86 — Mars sur des nuages. — Enlèvement de Proserpine. — Triomphe de Vénus sur les eaux. 3 grands dessins à la plume et à l'encre de Chine.

87 BERTIN. Riche Décoration d'hôtel, au bistre.

88 BETTINI. Angle de plafond perspective aérienne, au bistre. — Fenêtre entre colonnes, à la plume, par *Daviler*. 2 p.

89 BIBIENA. Décoration théâtrale, sanguine, et par autres. 3 p.

90 BIENAIMÉ. Riches candélabres, meubles, trépieds, lampes, etc. 4 beaux dessins au bistre.

91 BLONDEL. Ruines, Intérieur d'une forteresse, à l'encre, lavé de couleur. Effet vigoureux.

92 BONNEAU. Six Vases, au bistre. 3 p.

93 BOSSI. Vases, 5, dessins à la plume.

94 BOUCHER fils. Lits à baldaquins. 2 dessins au bistre.

95 BOURLA. Plan de l'église Saint-Benoist à Paris, coupes, caves et souterrains.

96 CACHIN, 1766. Riche Porte de sacristie avec tableaux et figures. Aquarelle signée.

97 CARLONI. Fontaine monumentale avec Neptune et Tritons, lavé de sanguine.

98 CHABERT, etc. Vases divers. 4 dessins.

99 CHAMBERS. Triomphe de l'Amour, à la plume, lavé de rouge. Fontaine monumentale.

100 CHATILLON (André). Naples, 1814. Arc d'Alphonse d'Aragon à l'entrée du fort Neuf. Très-grande et belle aquarelle.

101 CLERGET, 1840. Titre de l'Artiste, style persan, aquarelle et or. Très beau dessin.

102 — Motifs pour tenture, à la plume et aquarelle, gouache, en bistre. 3 très-beaux dessins.

103 — Bordure, Entêtes et Commencement de page de manuscrits persans, aquarelles et or. 3 très-beaux dessins.

104 CLERMONT. Différentes pensées d'ornements, par *J.-F. Clermont*, professeur de l'académie de Reims, Titre, Vases ornés d'Amours. 6 p., lavées à la sanguine. *Signées.*

105 — Cartouches ornés d'Amours. 4 p. à l'encre et au bistre. *Signées.*

106 CONTANT (Emile). Bordures, Décorations pour loges de théâtre. 7 aquarelles.

107 — 1838. Caverne double avec passage dessus, Forteresse, Prison, Intérieur de chaumière, Paysage avec pont et cascade, Vue de pays et montagne. 6 superbes aquarelles pour décorations théâtrales.

108 — Intérieurs de salons, riches, chambre modeste. 6 superbes aquarelles, décorations théâtrales. Plusieurs *signées.*

109 COTELLE. Décorations intérieures et Plafonds.
3 charmantes aquarelles.

110 COUSTOU. Vases très-riches. 2 dessins à la plume,
lavés.

111 CREPY. Grande Grille, à la mine de plomb.

112 CUVILLIES père. Angles de plafonds riches.
5 aquarelles.

113 CUVILLIÉS fils. Groupe de figures allégoriques
surmontant une fontaine monumentale, au bistre.

114 DANKERS. Pierre tumulaire avec les figures de
la Foi, l'Espérance, Inscription, à l'encre.

115 DELAFOSSE. Cartouche, Encadrements riches.
5 jolis dessins à l'encre.

116 — Décoration intérieure, Meubles, Temple, etc.
4 dessins, aquarelle et lavis, etc.

117 — Autel orné de l'Agneau, etc. Grande aquarelle.

118 DE LA RUE. Triomphe de Sylène, frise au
bistre.

119 DEMARTEAU, etc. Frontons, Armoiries de France,
2 sanguines. — Armoiries de l'Empire, 2 mines
de plomb. — Armoiries diverses. En tout 7 dessins.

120 DIDRON. Objets d'orfèvrerie, Burettes, Moutar-
diers, etc. 7 dessins, crayon et encre.

121 DORDAN. Intérieur de palais avec portiques
ornés de statues. Aquarelle.

122 DUMONT. Obélisque, fontaine monumentale.
Aquarelle. — Figure ailée cariatide, au bistre, par
Bourgeois. 2 p.

123 DUPRÉ. Guirlande ornement d'architecture, beau
dessin au bistre.

124 FERRARI. Panneau à caissons, au bistre.

125 FINELLI. Vase riche forme bizarre, pour porte-encens au bistre.

126 FONTAINE. Grilles pour maison royale et riche hôtel. 2 aquarelles.

127 — Grille royale et très-riche. 2 grandes aquarelles.

128 FRAGONARD. Tombeaux. 2 p. au bistre.

129 GIBBONS. Monument funèbre orné de figures allégoriques, à l'encre, lavé de bleu.

130 GILLOT. Le Goût. — L'Odorat. — L'Ouïe. — La Vue. 4 dessins à la plume; sujets dans des entourages ornés.

131 GIOCONDO. Décoration de palais avec statues, à la plume, lavé. Portique, au bistre. 2 p.

132 GRIBELLUS. Riches Plafonds, à l'encre de Chine. 3 dessins terminés.

133 GRIMALDI. Chandelier Pascal. Grand dessin à l'encre de Chine.

134 GUERCHIN. Cartouche pour titre, à la plume.

135 HITELLI. Panneaux d'ornements ornés de griffons. 2 p. à l'encre.

136 HOUDON. Fronton, Dessus de porte, à l'encre.

137 HUVÉ. Frise ornée de figures drapées, à la plume, lavée de sanguine brûlée.

138 JOLIMONT, 1836. Poignées d'épées et étui sculpté. Joli dessin au bistre, signé. Très-terminé.

139 JUILLET. Décoration de chambre à coucher, Lit et Alcôve, à la plume, encre rouge.

140 JULIEN. Décorations théâtrales, Porte mauresque, à la plume, lavée d'encre. — Immense Palais orné de statues, obélisques, etc., à l'encre.

141 — Intérieur de riche chambre à coucher, goût oriental, Salon directoire, Chambre rustique. 3 très-belles aquarelles.

142 JUVARA. Moitié d'un portique, orné de figures. — Intérieur de palais. 2 p. au bistre.

143 LAFITTE. Le Temple de la Gloire, titre, à la plume. Trophées encadrés d'architecture, lavés à l'encre de Chine. 3 p.

144 LALONDE. Chenet en forme de lyre, à l'encre.

145 LAROQUE. Décorations théâtrales, Intérieur moyen âge. — Château dans un parc. 2 dessins crayon noir; bel effet.

146 — Rue moresque ornée de figures, gouache vigoureuse, — Intérieur de parc avec jets d'eau. Aquarelle. 2 p.

147 LECOINTE. Trépied avec vases, et formant girandole. 2 beaux dessins au bistre.

148 LE PAUTRE. Intérieur de palais avec portiques, à la plume.

149 — La Renommée devant Neptune au bas d'un rocher sur lequel Louis XIV dans un char traîné par des lions. Grand dessin à l'encre de Chine.

150 LE RIDDE, architecte. Hôtel à construire sur les bords de la Seine, dédié à Mme la duchesse de Kinston. 2 aquarelles.

151 MARTELLI. Cartouches pour épitaphes. 2 p. au bistre.

152 MEISSONNIER. Autel avec l'Annonciation, à l'encre de Chine.

153 MOREAU. Alcôve, à l'encre, relevée d'aquarelle.

154 MOREAU (signés) et autres. Elévations d'autels, Chapelles, de différents styles. 10 dessins à la plume, à l'encre et aquarelle. Pourra être divisé.

155 NILSON. Joli Cadre rocaille ovale, Saint rayonnant entouré d'ornements et de fleurs, Calice riche. 3 dessins à l'encre de Chine.

156 — Il Cardinal, Il Generalissime, Il General, La Peripazia, 1750. 4 superbes entourages, à l'encre de Chine.

157 NORMAND. Deux Vases, plume et bistre. *Signé.* — Vase Médicis, par *Blouet* et autres. 4 p.

158 OPPENORD. Fontaine monumentale, Cadre ovale et carré, Modillons, et autres pièces d'architecture. 7 p. à l'encre, aquarelle, etc.

159 PARIS. Vase Médicis orné de figures, de face et de côté. 2 dessins au bistre.

160 PERCIER. Salière, Temple de repos dans un parc avec figure et autre. 3 dessins à la plume et bistre.

161 PERRACHE. Groupe de figures formant cariatides, crayon noir rehaussé de blanc.

162 PERRAULT. Arc de triomphe sous Louis XV, avec bas-relief. Grand dessin à l'encre.

163 PEYROTTE. Beau Cartouche rocaille pouvant servir de modèle de pendule, à la sanguine.

164 PICART. Cartouche orné de sphinx à la pierre bleue. Beau dessin.

165 PICHOT. Angle de plafond orné de figures. Belle Aquarelle.

166 PINEAU. Décoration intérieure, Trumeau, Console et Panneaux. — Décoration d'autel. **2** p. à l'encre de Chine.

167 POLIDORE, etc. Vases. 4 p. Plume et lavis.

168 PRIMATICE. Mars. — Vénus dans des niches ornées. **2** dessins à la plume.

169 QUEVERDO. Panneaux arabesques. La Vérité, la Fortune, les Grâces. **3** grands dessins à l'encre.

170 RANSON. Moitié de Cartouche orné de fleurs et d'instruments de musique, à l'encre de Chine.

171 RAYNAL. Dessins d'ornements, à l'encre blanche sur papier brun. 3 p. Signées.

172 RICCARDI, etc. Ciboires au bistre, Calice, Chasse. **3** dessins.

173 ROBERT. Monuments en ruines avec guerriers et laveuses. **2** gouaches.

174 ROBERT DE COTTE. Intérieurs d'appartements, Cheminée avec glace ovale. — Console avec trumeau. **2** charmants dessins à la mine de plomb, relevés de couleur, style XVIIIe siècle. Riche.

175 ROSCHERS. Pommes de cannes de différentes formes, à la plume et crayon. 4 dessins.

176 ROSIS. Angles de plafonds. 6 dessins à l'encre de Chine.

177 SAINREDAM, 1632. Jubé, intérieur d'église. Aquarelle *signée*.

178 SALVI. Voûtes antiques de la villa Adriana. 4 grandes aquarelles. Très-belles.

179 SCHLUTER. Fontaine monumentale ornée d'enfants. Beau dessin, bistre et encre.

180 SOLIS (Virgile). Prudentia, figure allégorique, Coupe du Dauphin, à la plume et bistre. 2 p.

181 STEPHANUS. Enée et Anchise dans un cartouche orné de mascarons, bistre et pierre bleue.

182 TITEUX. Alphabet, Lettres ornées de différentes couleurs.

183 UDINE (Jean d'). Rinceau de feuillage. — 2 Candélabres de *Campagnola*. 3 dessins à la plume.

184 VAN VITELLI. Décoration théâtrale, au bistre. Jardin orné de statues, XVIIᵉ siècle. Grand dessin.

185 VILLEMOT. Bordure pour assiette de porcelaine, groupes de fleurs, fond vert et or. Charmante aquarelle.

186 VINSAC, etc. Girandole dans un vase, au bistre et autres. 3 dessins.

187 VOISIN fils. Collection de nouveaux vases composés par *Voisin fils*, maître de Tour du Roy à Versailles, 1787. 6 vases très-riches, à la mine de plomb.

188 WEIS (Jean-Martin), 1740. La Cathédrale de Strasbourg. Très-grand et beau dessin à l'encre de Chine, très-terminé.

189 ZARRA. Tombeau monumental. Aquarelle rehaussée d'or.

190 ZATTA. Elévation et Coupe de Saint-Marc de Venise et autres. 3 grandes aquarelles.

191 ANONYME. Cérès. — Eole. 2 aquarelles très-terminées, genre miniature, tirées de la galerie Altoviti à Rome.

192 — Voiture avec les armes de l'Empire et la lettre
J., aquarelle et or. Superbe dessin.

193 — Les Signes du Zodiaque, au trait, 12 p.

194 — Pont de Sèvres, à la plume.

195 — Intérieur de l'église des Innocents, à l'huile.

196 — Petit Châtelet. 2 dessins, genre de Michel.

197 — Grand Châtelet en démolition. 3 dessins.

198 — Eglise des Bernardins. 2 dessins.

199 — Bastille en démolition. 2 dessins.

200 — Abbaye Saint-Germain. 3 dessins.

201 — Grand Escalier du Louvre, Ecuries d'Artois.
2 p.

202 — Cour des Théatins, la Monnaie dans la rue
Guénégaud. 2 dessins.

203 — Ruines de l'église Saint-André.

204 — Meudon : Vues du château et autre. 2 dessins.

205 — Funérailles de Voltaire. — Rideau des Bouffes,
par Percier.

206 — Vue de Saint-Etienne-du-Mont par derrière.

207 — Explosion de la poudrière de Grenelle. Aquarelle.

208 — Aqueduc d'Arcueil, crayon rehaussé de blanc.

209 — Place Louis XV, illuminations. — Colonne
abattue le 27 vendémiaire an x. 2 dessins.

210 — Domaine du Plessis Gerbault. Aquarelle.

211 — Entourage d'ornements anciens, gouache couleur et or.—Cadre carré orné de figures.—Dessin
calligraphique. 3 p. sur parchemin.

212 — Vases, Aiguières, religieux et autres. 7 p.

213 — Plafond très-riche pour salle de spectacle, autre carré et rond. 2 grandes et belles aquarelles.

214 DÉCORATIONS THÉATRALES. Monuments couverts de neige. — Intérieur avec galerie éclairée, derrière porte et rideau. 2 grandes aquarelles.

215 — Chute d'eau dans une forêt vierge. — Belle Vue de village. — Ville moyen âge. 3 grandes et vigoureuses aquarelles.

216 — Le Colysée. — Palais antique intérieur. — Port de mer. — Ruines. 5 grandes gouaches.

217 DIVERS. Architecture, Monuments, Portiques. etc. 7 dessins.

218 — Meubles, Cheminées, Attributs, Guirlande, etc. 6 dessins.

Renou et Maulde. Imprimeurs de la Compagnie des Commissaires-Priseurs, rue de Rivoli. 144.   56706